Olhar de Mãe

CIP-BRASIL. CATALOGAÇÃO NA PUBLICAÇÃO
SINDICATO NACIONAL DOS EDITORES DE LIVROS, RJ

R597o Rodolf, Lauria Beatriz
    Olhar de mãe : memórias poéticas / Lauria Beatriz Rodolf. – 1. ed. – Porto Alegre : AGE, 2024.
    62 p. ; 14x21 cm.

    ISBN 978-65-5863-273-3
    ISBN E-BOOK 978-65-5863-272-6

    1. Poesia brasileira. I. Título

   24-88631   CDD: 869.1
            CDU: 82-1(81)

Gabriela Faray Ferreira Lopes – Bibliotecária – CRB-7/6643

Lauria Beatriz Rodolf

Olhar de Mãe

MEMÓRIAS POÉTICAS

Editora AGE

PORTO ALEGRE, 2024

© Lauria Beatriz Rodolf, 2024

Capa:
Nathalia Real,
utilizando imagem de Freepik

Foto da autora:
Karine Viana

Ilustrações:
Jussara Albarnaz

Diagramação:
Júlia Seixas

Supervisão editorial:
Paulo Flávio Ledur

Editoração eletrônica:
Ledur Serviços Editoriais Ltda.

Reservados todos os direitos de publicação à
LEDUR SERVIÇOS EDITORIAIS LTDA.
editoraage@editoraage.com.br
Rua Valparaíso, 285 – Bairro Jardim Botânico
90690-300 – Porto Alegre, RS, Brasil
Fone: (51) 3223-9385 | Whats: (51) 99151-0311
vendas@editoraage.com.br
www.editoraage.com.br

Impresso no Brasil / Printed in Brazil

Apresentação

Um livro de experiências. Um convite ao mergulho nas vivências de afeto, de carinho, de contato, de reconhecimento, de valor, de admiração, de crescimento. Um convite para a profundidade do simples, do ordinário da vida.

Olhar de mãe! Olhar atento, sensível, visceral, inexplicável. Meus filhos muitas vezes falam: "Olha aí a mãe olhando com aquele olhar de mãe!!!" Olhar que diz sem dizer: é minha filha, é meu filho, são meus filhos. Olhar de contemplação. Olhar de satisfação, de orgulho, de felicidade pela simples e profunda existência. Saiu de mim! Esperei 9 meses, carreguei dentro de mim, fiz nascer, alimentei, ensinei a sentar-se, andar, falar, comer, ler.... a ser, a viver. Vi crescer. Quanto comunica um olhar de mãe!

O meu olhar de mãe tem por trás um outro olhar de mãe. As inúmeras vezes em que recebi o olhar da minha mãe, e que ficaram profundamente marcadas na minha alma, no meu corpo, no meu coração, na minha mente, e que me formaram, constituíram como pessoa. E também me formaram como mulher e alicerçaram a mãe que iria vir a ser.

Num mundo cheio de vazios, de relações coisificadas, de imediatismos, de falta de tempo para contatos e para simplesmente viver as experiências na sua totalidade, este lindo livro provoca e convoca. Que tal prestar mais atenção para as suas experiências, para suas relações? Perceber as suas nuances, suas cores, seus sabores, seus cheiros, colher novos aprendizados... Que o ser esteja o mais inteiro possível nas suas ações, em cada fazer. Que o fazer revele o ser, a inteireza, e não seja um fazer desconectado, tumultuado, atropelado e sem sentido. E esse jeito integrado de viver seja refletido no seu olhar, como o olhar contemplativo e cheio de afeto de um olhar de mãe.

Muito honrada e grata por apresentar este belo livro, tão carregado de vida, de amor e lindas histórias. Desejo uma ótima experiência com a sua leitura.

Com amor,
Silvana

Mãe Lauria e outras mães

Presente recebido,
Presente compartilhado,
Maternidade abençoada,
A Deus eternamente agradecida.

Teste de gravidez, não!
A certeza de um ser em mim
Aflora em tudo.

Fácil, nem sempre é.
Lindo, amor pleno, sim!

Mães da vida
Mãe de luz,
Mãe de coração,
Mãe, tia, avó,
Mãe, simplesmente!

Sumário

Vidas a florescer

Pulsar..13
Proteção materna..14
Vivendo 15
Chutando...16
Novo tempo 17
Chorar 18
Cores 19
Novo dia..20
Alegria de mãe..21
Bolinhas...22
Meninando 23
Protegendo..24
Sentindo 25
Descobertas...26
Cuidando...27
Nenezinho 28
Percurso 29
Menino inquieto 30
Arco-íris...31
Menina na sacada 32
Bailarina..33
Gauchinho...34
Acalento 35
Novo ser..36

Vivências infantis

Vó Erna...39
Amado avô..40
Cadeirinha..41
Brincadeiras de criança................................42
Felicidade a galopar.....................................43
Procurando..44
Balões..45
Bichinhos...46
Língua...47
Pintinho...48
Tamborzinho...49
O galo..50
Nanando..51
Poesia..52
Passos..53
Voar, voar!...54
Vento...55
Retratos de vida...56
Cama de mãe..57
Corre-corre..58
Bola fujona..59
Balanço...60

Agradecimento..61

Vidas a florescer

Pulsar

Teu pulsar em mim
Chamou-me a uma nova vida.
Um ser em formação.

Vida de sonhos, acolhimento,
Descobertas, dúvidas e
De alegrias.

Compartilhar alegrias,
Ser dois e ser um.
Ser um abrigo de amor.

Proteção materna

Dois corações,
Duas vidas,
Mesmo abrigo.

A vida se revela
Como uma pequena estrela
No horizonte infinito.

Cresce e se faz mostrar.
Que bênção!
Mamãe alimento,
Mamãe aconchego.

Pequenino ser sente tudo.
Mamãe tranquiliza.
Nada acontecerá bebê,
Mamãe promete.

Mas mãe sabe.
Depois, nem sempre
Protegerá seu bebê.

Deus cuidará de você.
Mamãe rezará sempre,
Acompanhando sua vida.

Vivendo

Deus!
Que é isto?
Nada e tudo!

Explicar? Não!
Sentir somente!
Viver em mim!
Viver em ti!

Chutando

Chuta, chuta,
Coração!

Qual bola
Que vês?

Sentes ou
Imaginas?

Só sinto tua batida.
É uma dor de alegria.

Quanto mais chutas,
Mais dói.
Mais amor sinto.

Novo tempo

O tempo parou.
O silêncio se eternizou.

Você nasceu!

Nova vida se fez.
Abençoada estou.

Chorar

Chorar é fraqueza?

Ou chorar é ser grande?

Mas me sinto pequena,
Um grãozinho neste mundo.

Mas grande sou por
Saber que
Posso chorar.

Cores

Verde, esperança!
O que é isso?
É um sentimento
De luta.

Um dia entenderás,
Meu bebê.

Vermelho, amor.
Amor puro que
Temos um pelo outro.
Amanhã, mais intenso será.

Mais vermelho ainda,
Meu coração.

Branco, pureza!
Paz e paz!

Desejo de mãe,
Para toda tua vida.

Novo dia

Luz dourada
Entrando pela janela
Iluminou meu quartinho.

Mamãe logo virá
E dará meu leitinho.

Mas, já bebi a vida
De um novo dia.

Alegria de mãe

Olhar aveludado,
Cabelo encaracolado,
Preto, preto.

Mamava, parava e esperava;
Mamãe também aguardava.

Sorrindo mexia a cabeça,
Voltava a sugar.
Mamãe olhava apaixonada.

Bebê, sorrindo bebia
O leite da vida.

Bolinhas

Bebezinho, ah!
Fazendo bolinhas!

Agora, bolinhas de saliva,
Amanhã, bolinhas de sabão.
Bolinhas de mascar.

Bolinhas de Nescau,
Preto, branco,
Supercoloridas!

Depois, depois...
Bolinhas de cristal,
Bolinhas de chuva
Em contemplação.

Meninando

Menina faceira,
Correndo, correndo,
Com seu vestido colorido.

Branco da paz,
Azul do céu,
Verde do mar.

Vermelho de coração.
Coração multicolorido
De amor saltitante.

Protegendo

Antes da chuva
Trovões assustam.

Portas batem,
Manos gritam.

Tento proteger meu bebê.

Olhando-me, sorri...

"Mamãe, que é isso?

Teu coração batendo
Durante vários meses,
Barulho maior não tinha.

Era uma delícia!"

Sentindo

Um piscar.
Um bocejo.
Um meio sorriso.
Um sorriso gostoso.
Uma gargalhada.
Quanta alegria!

Descobertas

Menino sorria,
Faceiro no carrinho.
Mexia os pés,
Esticava as mãos.
Soltava gritinhos.

Mamãe olhava,
Ele se divertindo,
Descobrindo o calor
Do sol em seu
Corpinho.

Vestido com o sol,
Aquecido,
Alimentado,
Sentindo a vida.

Cuidando

Carinha sapeca
Com laço no cabelo.
Menina linda!
Charmosa desde nenê.

Papai cuida dos meninos,
Que com seus carrinhos
Brincarão de pegar
Minha menina.

Nenezinho

Sem cabelos.
Carequinha, ah, ah!
Parece vovô!

Cabelinhos embaixo
E aos lados;
Parece o titio!

Cabelos pretos, tomados;
Cheio, cheinho;
Parecidos com vovó!

Cabelinhos crescerão;
Ficarão iguais aos da mamãe.

Percurso

As lágrimas derramadas
Ao teu nascer
Transformarão em
Rios de esperança
Que te levarão
Pelos novos caminhos
Em tua vida mundana.

Águas doce e salgada,
Ondas pequenas e
Grandes que quebrarás
Com perseverança.

Em cada rio trafegado
Novas vidas nascerão,
Despertando novas forças
E luzes em tua jornada
Para teu crescimento pessoal.

Menino inquieto

Dorme, menino.
Dorme, a noite chegou.

E o menino tagarelava
Faceiro e sem sono.

Dorme, menino.
A noite logo vai embora.
O sol chegará para novo dia.

Mais uma estória, pedia.
Mamãe disse:
Vamos contar carneirinhos?
Menino ria, gostoso!

Dorme, menino.
Mamãe foi deitar-se.
E o menino brincava
Com seus amigos noturnos.

Arco-íris

Luz vermelha,
Alaranjada e azul
Banham o cabelo de
Meu menino.
Ele olha e
Não enxerga,
Ofuscado pela luz.

É um arco-íris
Desejando entrar no
Seu quartinho
Para apontar
Mais um dia
Passando e brilhando.

É a vida colorida
De nossos dias.

Menina na sacada

A menina vibrava
Com os raios.
Mais um, mais um.
Raios pequenos, grandes,
Barulhentos,
Multicoloridos.

Mais, mais, mais!
Pulava faceira
A gritar.

Eles vinham rápidos
Sobre as montanhas,
Árvores e ruas.
Queria pegá-los.

Ah! Foram embora.
A chuva chegou e
A menina entrou.

Bailarina

Ansiedade de criança,
Sabedoria de adulto.

Escolhia os enfeites,
Coloridos, brilhantes
Como a saia dourada.

Rodava faceira.
Olhava-se no espelho.
Satisfeita.

Mamãe elogiava.
Faltava algo...

A menina corria para a vizinha.
Seu rostinho branco
Também brilharia como princesa.

Gauchinho

Menino lindo,
Bota preta,
Bombacha listrada.

Chapéu de gaúcho
Não podia faltar.

Lenço vermelho
Em destaque
Na caminha branca.

Elegância faceira,
Timidez ao dançar
E a prenda a esperar.

Acalento

Teu sorriso
Ao me ver
Acalentou
Meu coração.

Rostinho lindo,
Olhos grandes
Brilhando
Brilhando.

Novo ser

Um olhar penetrante,
Olhos pequenos,
Rosto arredondado,
Corpo grande,
És pequenino,
És grande.

Sinto um calor em mim e
Vontade de te abraçar.
Transmitir minha alegria,
Meu amor por ti.
Aninhar em meu colo,
Sentir teu coração junto ao meu.

Mando para ti tudo que sinto,
Emano energias de muito amor
Pelo espaço virtual.
Sinto-te junto a mim.
Como estou contigo!

Um amor infinito.
Sem distância física.

Vivências infantis

Vó Erna

Matriarca mandona.
Adorava flores,
Rosas lindíssimas.

Vó amada,
Vó vaidosa,
Vó durona.

Falava português muito pouco,
Alemão era seu domínio.
Pele e olhos claros,
Olhar gelado.

Xingava em alemão;
Sem entender, ria dela.
Falava mais alto,
Eu corria...

Às vezes, seu olhar era meigo.
Um brilho diferente;
Transmitia amor e segurança.
Sem falar eu entendia,
Com admiração.

Amado avô

Adorado vô João.
Contador de histórias
Sobre a vida.

Sapeca esperta, me chamava
Ao rir de minhas travessuras.
Amado!

Com paciência,
Ensinava sobre a vida.
Orgulhoso, mostrava
Como fazer seu trabalho.

Suas mãos eram rudes.
Sua fala, mansa.
Seu caminhar, pesado, e
Intenso olhar.

Cadeirinha

Cadeirinha de vime,
Bem pequenina!

Pintada e arrumada
Muitas vezes.

Mamãe ficava nela.
Titios também.

Quantas vidas
Curtidas nela!

Brincadeiras de criança

Suzana
Maria
Izabela

Ursinho
Cachorrinho
Gatinho

Todos olhavam
A menina a cantar.
Hoje não, sem brincar.

Corria para a rua;
Os meninos e as bolinhas de gude
A esperavam.

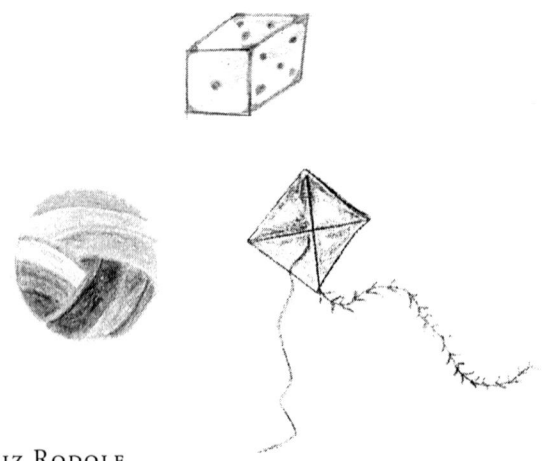

Felicidade a galopar

Malhado,
Bem rústico,
Com cheiro de mato.

A menina adorava
Acariciar seu pelo.
Ele se curvava, querendo mais.

Subia nele
E partiam felizes.
Seu trote era lindo.

Imaginava cavalgar
Muitos e muitos morros,
Vilarejos e lugares desconhecidos.

Ouviram um grito assustador.
Mamãe gesticulava.
Cavalo e sua companheira sonhadora
Voltaram lentamente.

Procurando

Bolinha preta,
Bolinha azul,
Bolinha verde,

Vira para cá!
Vira para lá!

A procurar o quê?

Balões

Balão azul,
Voe para o céu azul.

Balão verde,
A mata te espera.

Balão amarelo,
Busque o girassol.

Balão vermelho,
Abrace a menina de
Bochechas queimadas.

Balão branco,
Voe junte com a
Pombinha da paz.

Bichinhos

Borboleta amarela,
Passarinho verde-azul,
Peixinho vermelho.

Gato malhado,
Cãozinho preto,
Cabrita branca.

Cavalo marrom,
Zebra preta e branca,
Grilo verde cantante.

Língua

Coisa engraçada,
Comprida! Rosada!
Não, vermelha!

Faz barulho.
Estala e geme.
Vira, vira!

Quente e fria.
Molhada e seca.

Cada dia
Novas descobertas.

Pintinho

Pintinho amarelinho
Está com fome e
Faz pio, pio.

Mamãe,
Galinha pintadinha,
Nem liga!
E faz cacacaró.

Papai, galo carijó,
Dá comidinha e
Faz cacacarecá,
Cacarecacó, óóó!

Tamborzinho

Bate,
Bate,
Tamborzinho!
Bom, bam!
Bum, bum!

Bate,
Bate,
Amiguinho!
Bam, bum!
Pum, pum!

Bate,
Bate,
Tamborzinho!
Mais forte,
Bam, bum, pum!
Bom, bum, pum!

O galo

Cocorocó!
Cocorocó-có!

O galo canta
Na casa do vizinho.

Amiguinho vizinho:
Vem cantar comigo!

Nanando

Anjinho, anjinho,
Vem nanar comigo!

Minha mãe me ensinou,
Agora rezo contigo.

Bençóes de Deus!

Poesia

Mamãe quer
Explicar poesia.

Eu vivo poesia
Desde sempre
Dentro de você.

Passos

Passarinho voa, voa!
Peixinho nada, nada!

O bebezinho nada,
Engatinha, caminha.

Este bebezinho
Voará, voará...

Voar, voar!

Borboleta na janela!
Está presa?

Não! Está a me olhar.

Preso, estou eu, a olhar.

Vamos sair?

Voar!
Voar!

Vento

Vento voa.
Vai para onde?
Vem de onde?

Voa meu cabelo.
Fecha meus olhinhos.
Faz bolinhas no meu bracinho.

Vento voa.
Ah, junto vou!
Mamãe me segura.

Retratos de vida

Nascimentos,
Primeiros passos,
Primeira fala,
Novas descobertas.

Irmãos juntos,
Separados,
Com parentes, amigos e colegas,
Memórias retratadas.

Brincadeiras de crianças,
Com bonecas, bolas,
Bicicletas, *skates*,
No mar, em casa,
Na rua ou na escola.

Mesma origem,
Mesma educação,
Caminhos diferentes,
Essência compartilhada.

Vidas ligadas eternamente,
Apesar do espaço físico,
No amor sentido,
Na bênção de mãe.

Cama de mãe

Aconchego,
Cuidados,
Refúgio,
Brincadeira.

Refúgio de pesadelos,
Proteção nas noites frias,
Cuidado extra nas doenças.
Lembranças felizes de pula-pula.

Risadas com os manos,
Descobertas ao cair.
Felicidade no aprender
A subir e descer.

Cobrir-se com os lençóis
Quentes e macios,
Para mamãe não ver,
Doce ilusão.

Corre-corre

Calçados pequenos,
Pernas compridas.
Movimentos apressados.

Corre-corre.
Descobrindo a vida,
Desbravando caminhos.

Olha para trás,
Sentindo-se seguro.
Corre mais ainda.

Lá vai meu menino.
Feliz com suas descobertas.

Bola fujona

Bola vai e vem.
Chutes para lá.
Rebates para cá.

Quantos risos!

Rola bola. Vai e vem.
Bola na cabeça.
Doeu!

Não para, não!

Vamos, vamos, gritam os meninos.
Um chute forte, muito.
A bola foge para o vizinho.

Balanço

Carrinho de bebê embalar.
Carrinho de passear,
Bebê dorme feliz.

Balançar, balançar.
Cadeiras coloridas e
Alegrias na pracinha.

Balanço pequeno,
Balanço grande,
Crianças a brincar.

Um balanço esquecido
Na ruela da praia.
Vidas a lembrar.

Agradecimento

Expor-se é uma experiência maravilhosa.
Confesso que já fui uma pessoa mais fechada, sem compartilhar muito meus sentimentos.
Nada como as vivências e os aprendizados para nos fazerem evoluir.
Escrevi minhas poesias para deixar meus sentimentos apontados em folhas, cadernos, guardanapos de papel, em máquinas de escrever e, até, em livros usados. Muitos apontamentos, reli depois.
Aprendi muito com meus avós e meus pais. Devo a eles minha formação educacional, cristã e minha resiliência. Gratidão sempre.
Minha mãe, Edithe, foi um exemplo do que eu deveria, poderia ou não fazer.
Meu primeiro olhar de mãe.
Ser mãe é doar-se sempre. Mesmo já com filhos adultos, a mãe tenta ainda protegê-los.
Alcançar a perfeição como mãe é muito difícil. Somos seres humanos. E fizemos o melhor que poderíamos ter feito nas necessidades do momento. Maria, mãe do filho de Deus, é um exemplo de perfeição incomparável.
Assim, agradeço principalmente aos meus filhos, Rafael, Silvana e Eduardo, por ter oportunidade de ser sua mãe. Presentes recebidos de Deus. Ao pai dos meus filhos, Gilberto, meu agradecimento também.

A maternidade é inexplicável. Os textos, discussão, ensaios, poesias e outros sobre ela continuarão, mesmo neste mundo louco vivido atualmente.

Espero que você, leitor, tenha apreciado este livro, *Olhar de Mãe*, e se identificado em alguns momentos com minhas poesias.

É o relato de um amor incondicional. E foi feito com muito carinho.

Um agradecimento especial à Silvana Elisa Kloeckner Guimarães pela belíssima apresentação e ao Eduardo Kloeckner por contribuir no *layout* da capa do livro.

Agradeço também à amiga Jussara Albarnaz pelas ilustrações internas. E meu reconhecimento carinhoso a todos os que contribuíram com este livro.

Impressão e acabamento

psi7 | book7
psi7.com.br book7.com.br